Arakawa Yasuo Senryu collection

川柳作家ベストコレクション

荒川八洲雄

天高く白紙で君を抱き締める

The Senryu Magazine
200th Anniversary Special Edition
A best of selection
from 200 Senryu writers' works

新葉館出版

川柳は「元気の素」

川柳を趣味とする元気な後期高齢者の方々を見て、肖りたいと思う。高齢化が急速に進む中、国に依存することなく、自助努力で充実した人生を過ごしていきたい。社会に高くアンテナを張り、柳友と交わり、より良い作品作りに挑戦することは「元気の素」と信じている。

川柳作家ベストコレクション

荒川八洲雄

■目次

川柳作家ベストコレクション

荒川八洲雄

第一章

人を詠む・自分を詠む

天高く白紙で君を抱き締める

触れてくださいきっと私を好きになる

志高く東京駅に立つ

悩みごと心の留守が顔に出る

大の字で寝てるやましさ無いらしい

光陰や色香漂うのは瞬時

百冊の本よりプロのアドバイス
通せんぼしたのは君の色眼鏡
友の訃が予兆あなどるなと教え

サクラサクもう忘れてる英単語

うれしいと素直に言えぬのが男

若さっていいな黒髪なびかせて

揺さぶると強さ弱さがよく分かる

シェーンカムバック心にこだました叫び

筋論へ感情線がよく軋む

後期高齢ストンと落ちていく夕陽

イエスウイキャン明日へ夢を語れそう

訴える君の涙を信じよう

愛情の写し絵だろう子の寝顔

ソプラノで叱りアルトでほめている

大吉にハードルひとつ上げてみる

鵜の目鷹の目みんなゴシップ好きである

片や還暦片や米寿で逝く定め

生きるとはなんと整理の多いこと

黄昏がぼくの足元ノックする

和太鼓にＤＮＡが呼応する

歳月の早さよ干支の一回り

気配りの妙に歯車よく回る

じいちゃんを大事にしろと贈与税

逝く日までお酒よ友でいて欲しい

ここまでと線を引くから伸び悩む

尻尾丸出し油断し過ぎていませんか

遊び仲間がまた一人逝く春の鬱

激流を読めぬ凡人たる由縁

被災地の一助になれとサンマ焼く

温もりを確かめ合って親子丼

欲しがると一直線になる心

日々好日歳相応の病ダレ

突き抜ける天へ半音上げてみる

全身をアンテナ君をキャッチする

争いを避け白旗を振る勇気

底抜けに明るいきっと苦労人

難局へ下手な画策などしない

順風満帆さすがリズムの乗りがいい

逃げ道を故意に塞いだのは味方

一喜一憂手をこまねいて不整脈

偕老同穴愛は煮崩れたりしない

リモコンを妻が握っている平和

文字通り受け止めほぞを噛んでいる

逃げ道を断つと男が光り出す

切っ先に熱い思いを抱き春

歳月やまだともうとが交差する

華のある人だ周りもよく弾む

案じるのはよそう必ず夜は明ける

疾走へこころは空になっている
ゴールイン次の試練が待っている
プラス思考毒も薬にしてしまう

叱り方ひとつで分かる人と成り

前進をするから見える喜望峰

呵々大笑テキスト通り進む老い

珈琲はコメダ憩いの一時間

白川静の高さに凛とする背筋

謙虚さは転ばぬ先の杖だろう

亭主関白名乗れる男手を挙げろ

ベストチョイス求め続けて現在地

光陰やこのひと時を磨かねば

脱ぎっぷりがいいね疚しさないらしい

好奇心あれば命はよく弾む

組み合わせの妙かと思うああ夫婦

七十の手習い譜面すぐ忘れ

マイルドがいいね味覚も人柄も

不協和音が響く生きてる証だな

猫パンチ野生の早さには勝てぬ

七色の声で家族を仕切る猫

愛猫の丸さに心の棘も抜け

結論を急いで水をやり過ぎる

七転び表も裏も知り尽くす

ささやかな一灯たらん年男

大トラにも子猫にもなる男の譜

踏み出せばきっと聞こえる応援歌

レベル4弱音吐く人吐かぬ人

ゆったりと日本を読むモーニング

虚礼廃止真に受けたのはただ一人

泡食った話は手足まで踊る

減点へ誰もいい子になりすます

暗闇に光を当てるのはあなた

終章へまだ効いている母の釘

やさしさの原点にある育児録

たかが遊び負けず嫌いがいて困る

惻隠を期待するから腹も立つ

弱音禁物気概で開けてきた扉

モーツァルトの嗚咽聞こえるレクイエム

名前より実を残せと言われても

ワーグナーオンザロックによく響く

湯たんぽで脱原発の旗を振る

長生きの秘訣確かな記憶力

空腹へスルリと逃げていくチャンス

大根スパッ疑うもののない白さ

子どもらと握手百人目標に

背後まで目配りしろと母の辞書

ノンアルコール体にいいと言われても

真っ先に泥舟降りたのはエース

若さだね心にいつもおしゃれして

変わり身の早さ振り向いたら一人

円陣を組むと男の貌になる

ゲートイン人も競走馬だと思う

ギブできる日々でありたい四股を踏む

こりごりと言いつつあかんべえをする

川柳の実りか賑やかな句会

おねだりがとっても上手いのは笑くぼ

クレバスの深さ人間不信だな

わっはっはすぐに下がった血糖値

延命拒否筆太に書く遺言書

立志伝辿れば熱い炎に触れる

パソコンに寝そべる猫に癒される

ウルマンの詩を読み直す年始め

前頭葉の眠りを覚ます連太鼓

手拍子についついつい踊り出す十八番

晩鐘へ溶ける祈りの美しさ

大河悠々人は忙し過ぎないか

第二章　社会や自然を詠む

合従連衡不況打開に手を握れ

弱者にはいつも厳しい天の声

集団の怖さ同じ眼同じ口

敗色濃厚一気に崩れ出す味方

特攻と重ね悲しい自爆テロ

捧げ銃軍靴が音をたてている

経済を下支えしたゴミの自負

ヌーの大群ボスは一匹だと思う

ネジ一本緩みシャトルが飛び立てぬ

庭石もたまには背伸びしたかろう

天下泰平ご都合主義が闊歩する

幾万の仮説が解いてきた真理

硝煙や今日も幼き子が倒れ

肖像権無いのかグラビアの死体

目には目をいくさ煽っている教義

堂々巡り足して二で割る沙汰が出る

うめさくら優しい春へ丸くなる

尊敬と憎悪を分けるのはマネー

聖域を作って水が濁り出す

愛は闘いマザーの深い深い皺

憎しみが憎しみを呼ぶ負の連鎖

ああ大地恵みの春はきっと来る

無機質の顔で混み合う朝の駅

ネコの手も借りてトヨタがひた走る

民族の対立火薬庫が揺れる

登竜門へ急き立てられる三歳児

アンテナが歪んだままの星条旗

食料増産黄河の水が涸れていく

指数化で人のやさしさ摘んでいる

九条をガラス細工にしてならぬ

大ジョッキ気炎上げてるのは女性

人間不信監視カメラがよく回る

上意下達乾いた檄が飛んでくる

連綿と命を繋ぎ鮭遡上

破裂音が絶えぬ地球の裏表

花粉もう僕の鼻孔をノックする

カリスマが倒れ人形たちの冬

爆ぜるまで膨らむ欲望の電車

ネバーギブアップ芽吹きの春はもうそこに

子の闇を解く特効薬が見当たらぬ

豊かさへ眠りを知らぬ溶鉱炉

日本を再生させるのは怒り

高齢化豊かな森もやせて行く

善意とや金が一番ものを言う

休戦の誓いを破るのは勝者

無党派層が増えて日本が萎えていく

一網打尽悪はそんなに柔でない

高級車で被災地巡る謝罪とは

災害の後追いとなる非常ベル

オウンゴール神はいたずら好きである

絆とや納骨堂が混んでいる

財政赤字日向が狭くなる日本

五年後もスカイツリーは混みますか

グローバル化の岸には甘えなど見えぬ

老朽化に耐えるヒト科も橋桁も

幸運の女神はお金持ちが好き

どこか変やがて普通と慣らされる

表層雪崩　絆は薄くなるばかり

横這いのグラフはきっと不眠症

リストラへ紙一枚で人を切る

イエスマンばかり揃えて机上論

落日や喝采浴びたのは昨日

孤老死が網から漏れる都市砂漠

あがないをとうに忘れて再稼働

千兆の国債いつかゴミになる

滅私奉公の代償ですか孤老死よ

少子化に拍車を掛ける晩婚化

ホームステイ身近に咲いた国際化

十把一絡げ弱者は蚊帳の外である

裏へ手を回しハッピーエンドとは

ばら色の数字並べた計画書

前年比プラスへネジが悲鳴上げ

自給率グラフ見ながらパンを食う

本音ぽろり一枚岩が崩れ出す

人間ウオッチのっぺらぼうが増えている

コストカット鱗一枚ずつ剥がす

赤ちゃんに付けを回していいですか

百年の計では票は集まらぬ

祈りとや明日の夢より今日のパン

背任へ背を押したのは遊興費

乱獲の付けの大きさ知る漁網

スピード化こころ忘れていませんか

これみよがしの善意を嫌う募金箱

知らしむべからず濁を抱えて政

超高層やがて廃墟になる定め

バイオリズム狂わせ地球温暖化

一木一草けなげに命紡ぐ音

六千キロ泳ぎ鯨の子育て記

年ごとに下がる日本の幸福度

仮想空間こころ乾いていく遊び

中流の旗に滲んだ疲労感
いつもどこかで憎悪が爆ぜている地球
ああ日本杭の補強を急がねば

マララに栄誉選んだ方も称えよう

人情の機微が返らぬ電子音

この国の甘さを嗤うシーベルト

モラルとは国が教えるものですか

発火点一歩手前で手を握る

反原発の立て看板のない都会

オクターブ上げて滔滔たる詭弁

渡り鳥海の広さに怯まぬか

海面上昇打つ手ないかと叫ぶ砂

頼るのは家族それとも国ですか

ピラミッドどこかで水の漏れる音

胼胝《たこ》のない指が稼いでいるマネー

弱者転倒お上は知らん顔をする

移民阻止自由の女神泣いている

商魂が躍る最前列の棚

迷走日本もっと声出せ高齢者

共謀罪子猫も爪を研いでいる

右へ倣えルール違反は怖くない

少子化へジュニア市場は花盛り

一強へ右へ倣えをして無風

忖度は読心術と心得る

猿芝居客はとっくに冷めている

凱旋へ手柄話がはちきれる

ライターの一閃闇を炙り出す

休耕田種まく人を待っている

天災へ運命論という諭し

決算書命削っているんだね

あとがき

（1）川柳の切っ掛け

50歳を控え何か趣味をと思い、平成6年の春に中日新聞（本社：名古屋市）の時事川柳に投句。「バーゲンの目玉商品アジア製」が、その後「タイガーウッズに負けず飛距離を伸ばしたい」と「合従連衡不況打開に手を握れ」が掲載された。

とくに『合従連衡』は当時マスコミで目にしたことがない言葉であったためか、その後新聞や雑誌等でよく見かけるようになり、川柳で時代を先駆けることもできるかな、との思いを強くしたことを契機に川柳を始めた。

（2）二足の草鞋

当初から平日は仕事、土日は川柳と「二足の草鞋」を履く生活が70歳まで続いた。その間、中日川柳会の会員、同人になり、委員としては長年編集部を担当した。

会長就任後も編集部長をしばらく兼任したが、「作句より仕事、会務優先」で過ごしてきたため、作句は主として通勤の行き帰りが多かった。

（3）作品について

二十代から読書を趣味の一つとしてきたが、政治・経済関係に偏り、文学関係の本とは縁遠い生活を営んできた。必要に迫られたとはいえ、偏った読書傾向で、文学的素養を積み上げる努力を怠ってきたと反省している。

今回句集に掲載する作品候補を探しながら、家族を読んだ句や愛・恋・女性などを詠んだ句がほとんどなく、自分の関心が社会に向いていたと再認識した。また、ゆとりやユーモアにほど遠い作品群に「唇に歌を、心に太陽を」の旗が萎んでいたと知らされた。

（4）高齢化の進行

日本の高齢化が進み、一方川柳の門を叩く若い人が減り、各吟社の会員の平均年齢は毎年上がっている。

私は50歳前に川柳を始め、当初「青年将校」とおだてられたが、60歳の時もなお「青年将校」と呼ばれ面映ゆい思いをした。古希を越えてからは言われなくなったが、入会する後輩は少なく、「青年将校」と呼べる人材は不足している。他吟社を見ても50代、60代の人は少ない。

人口減少が進む中、とくに地方での吟社運営は厳しさを増すものと推測している。後継者の養成が喫緊の課題である。

(5) 川柳は「元気の素」

当地区の川柳大会はここ数年いずれも参加者数が増えており、喜ばしいことと受け止めている。7割くらいの固定メンバーと3割程度のフリーメンバーの参加で賑わっている。

皆さんそれぞれ川柳が（老化防止に有効）と考えられている。私も『川柳は元気の素』とPRしている。

(6) 川柳の普及

5年ほど前から「川柳ファンの増加」に努めたいとの思いがより強くなり、川柳サロンを2つ運営している。「教えることは学ぶこと」、自分にとってもいい刺激を得ている。また、句会や大会でサロンの皆さんの呼名が増えて、喜びを感じている。

(7) 川柳万歳

川柳の楽しさを発信するためには私自身が川柳をエンジョイしなければと思う。

○「八洲雄らしい作品を作り続ける」

○「よい作品を皆さんに紹介する」

○「皆さんと楽しい川柳タイムを共有する」

ことに心掛け、川柳人口の増加に努め、次世代へ川柳の灯を繋げていきたい。

二〇一七年十一月吉日

荒川 八洲雄

●著者略歴

荒川八洲雄（あらかわ・やすお）

平成6年　中日川柳会入会
平成23年　同会長代行
平成24年　会長
全日本川柳協会常任幹事
愛知川柳作家協会会長
中日文化センター川柳講座講師
中日新聞時事川柳選者

現住所
〒四五七－〇〇三八
名古屋市南区桜本町一三七

川柳作家ベストコレクション
荒川八洲雄
天高く白紙で君を抱き締める
○
2018年 1 月28日　初　版
著　者
荒 川 八 洲 雄
発行人
松　岡　恭　子
発行所
新 葉 館 出 版
大阪市東成区玉津1丁目9-16 4F　〒537-0023
TEL06-4259-3777㈹　FAX06-4259-3888
https://shinyokan.jp/
○
定価はカバーに表示してあります。

ISBN978-4-86044-699-4